歌集

ボトルシップ

..................bottle ship...chizuko arikawa..................

有川知津子

本阿弥書店

目次

みづうみのこゑ　9
慰霊祭　13
風の演算　17
淡水しんじゆ　21
千年万年　25
バリの歯ブラシ　29
平成十九年　34
千手観音　37
星の記憶　41
チェスワフ・ミウォシュ詩集　46
ざくろ　50
そこまでが雨　54

しゆわつ、ぼつ　58
平成二十七年　62
しろねこ　68
ぬらりひよん　71
片足鳥居　75
鷗外橋　79
飛　魚　83
ミルク粥　88
快癒器　92
いとより　95
鯨見山　98
不意についばむ　103

大縄跳び 106
桃ドロップス 111
大人風カレー 114
ボトルシップ 117
水たまり 124
Ctrl 127
右地面左地面 131
門 134
梅鉢の紋 139
鯮 146
Akebia quinata 149
藤原四卿 152

花麒麟　155
よいといふのに　159
海の断片　163
さざなみいんこ　166

あとがき　178

装幀　小川邦恵

歌集

ボトルシップ

有川知津子

みづうみのこゑ

みづうみの底へ梯子を差し掛けて屈折率をはかる神々

産卵の山女かなしきゆふまぐれ山尾根越えて初しぐれ降る

とうめいの卵を思ふ七曜をめぐりてなほも雪止まぬ渓《たに》

うすら氷に朽葉の混じるけもの道かつてけもののわれ行きしみち

凍て初むる湖面に月のひかり差す子鹿を誘ふごとくやさしく

うすものにいくつの蕾かばひつつ霜夜をとほす水仙の花

山みちを始発のバスがかしぎ来るかすかに遠心力を運びて

ゆるゆると病癒えゆくわが耳にみづうみのこゑ日に日にしづか

ぽつかりとわれを容れたり戸を開けて見上ぐる夜に浮かぶ満月

慰霊祭

祖母のもとには、南極海で操業中に殉職した祖父の慰霊祭の案内が届いてゐた。毎年だつたのか、節目の年忌だけだつたのかは分からないが五十回忌まで届いた。一度だけ、祖母に付き添つて参列したことがある。祖父は捕鯨船の砲手だつた。

慰霊祭めぐる時の瀬さやさやと翅あるものら水辺にあそぶ

亡骸の戻らざる死をおもふかなくるみ入りパン温めるとき

モノクロの写真のなかに広がれり南氷洋のひかりの伽藍

ぎざぎざのむなびれ空に振り上げて星のめぐりを指揮するくぢら

ずんと重き金属製の双眼鏡祖父逝きてのち海風知らず

ローマ字の祖父の名刺の名のしたにやや小さめのGUNNERの文字

外つ国の港みなとは澪つくし祖父の来し方地図にひそけし

雲の上をさまよふ午後の日のひかり吐息のごとく地上に洩るる

地球からとほざかりゆくつくよみをあふぐキリンの首たゆたひぬ

金箔を足の裏にてめくるかに月かげの敷く遊歩道ゆく

風の演算

かろやかに春野をゆけどいにしへは踏み絵に掛けし足かもしれず

青空のむかうへ決して行けぬこと雲は知りつつぽかんと白し

身を置けばこんこん殖ゆるリンパ液森のふきぬけ日溜りの底

さらさらと微分されゆくはなびらよ春のひと日の風の演算

ちひさなる車輪をつけてかさこそと地表を駈ける春のはなびら

やはらかな春のひかりに熟れてゆく花粉のこゑす青き空より

はなびらのまなか射貫きて地に消ゆる雨ありわれに届く雨もあり

はなびらのプレパラートを踏みゆけり雨のあしたのいしだたみ道

まばたきのまぶたあはするたびごとに生まれかはれり風は光は

枝折戸はいつも出口のやうでした今はもうなき裏のしをりど

淡水しんじゅ

夜鳴き鳥しきり鳴く夜の夜気のきぬみづがねいろの裏地をもてり

あまやかに雨にほふなりあまやかな雨のにほひにわれ刃こぼれす

ぐつぐつと音立て煮ゆる梅雨の海いのちの真みづ生みてはげしき

太陽の黒点のためこの梅雨は鬼百合の斑のひときはくろし

雛鳥をかばふ翼のかたちしてミサイルかかへ飛ぶ飛行体

全身をゆふひのいろに染められて岬に立てり灯台よりも

眼球に汗沁みわたるひと瞑り原爆の野を斜《はす》に過ぎつつ

音もなく濃くなつてゆく日溜りのみなもとはどこにあるのでせうか

核の無い真珠ときけばかがよひのやさしかりけり淡水しんじゅ

ねむられぬ耳もとで鳴る冷蔵庫りんでんばあむりんでんばあむ

岬から岬をつなぐロザリオの漁りする火のまたたきしづか

千年万年

天にむく巨大パラボラアンテナに結跏趺坐せる釈迦牟尼がみゆ

あやとりの相手を待つてゐるごとし送電線をむすぶ鉄塔

かたつぽの靴呑みこみし草むらの草のそよぎや記憶のはじめ

カンガルーのパパにポッケはあつたつけ卒然と来し疑問なりけり

「はい」といふ返事のなかにすむ「あい」が伸びてしまふぞ「はい」は短く

峠からはるかかなたを見晴らせば夏の海辺はひかりのサラダ

外つ国の岸辺へふつとのりあげていつしゆんわれをふりかへる波

空蟬をつらぬきとめて揺るるなりしだれ柳のせんねんまんねん

秋のそら蝶を零せり台風にのりて国境越えたる蝶を

まどかなるサボテンの上《へ》に花咲いて天文台がまたひとつ殖ゆ

バリの歯ブラシ

よびかはす鯨のこゑを聴いてをり夜ふけソファにからだ沈めて

その妻の死の二年後に描きたるレンブラントの絵を見にゆけり

さまよへる大船団のごとく見ゆ福岡高裁まへのはちす葉

バリ島へ

在りし日の祖父いくたびも越えしとふ赤道を越ゆ目を凝らしつつ

しりとりの果てなき国に降りたちぬンヽからはじまるングラライ空港

膝そろへ木彫りの猫がすわりをり猫すわらせて店ほそながし

花のにほひどこからもする広場にてフランジパニィといふ名を覚ゆ

透明のビニール合羽配られてみなおそろひの雨中観劇

インド洋にしづむ日輪やはらかく雨季なれば遠くとほくけぶらふ

古寺の文旦木《ぶんたんぼく》はおほとりのつばさの落とす影に暮れたり

帰り来てまぼろしのごとく見てをりぬかくも大きなバリの歯ブラシ

ゆびさきにすみれの花がひらくゆゑまたしばらくはフルート吹けず

遠くからわれを見つけるひとがゐて冬のめぐりはふいにあかるし

平成十九年

三月、太宰府へ

もういちど銀河の底をさらふなり祖母のなくした秒針のため

いしずゑをひとつふたつとかぞへつつ祖母とあゆめり風の都府楼

波紋してわれをあらひぬさはさはと都府楼あとのさくらさざなみ

風立てば寒きさんぐわつ花ゆゑに都府楼あとのゆふぐれしろし

観世音寺

いにしへに鋳型ひとしく生まれたる兄いもうとの梵鐘あふぐ

七月、祖父の捕鯨操業の地を訪ねて

沖縄の梅雨あけの空まばゆくて祖母は虚空に杖つくごとし

祖母と母とが日傘のかげを分けあひぬ残波岬の強き日差しに

祖母のする昔語りはこだまして海の底なる祖父をねむらす

千手観音

つるばらを水にうかべてねむりたるゆふべの夢に海の雪ふる

ちちのひに父に電話をした夢をみてほのぼのとまた眠りたり

まなざしを結びつつ言ふひとことときほどきつつ言ふふたことみこと

尾根を越え海めざしゆく喉もとに鱗はつかに生ひいづるかも

わたつみの森をおよぎぬ根がかりの天蚕糸《てぐす》たぐりていろこの宮へ

夏風邪の長引くわれの夢にきてお手玉をする千手観音

ぺたぺたと冷たき壁を恋ひてをり灼熱の夜の足のうらがは

遠野とはとほき野のこと山折りと谷折りいくつ繰りかへしゆく

瞑想の海なる館けぶらせてアスパラガスの影そよぎをり

星の記憶

目覚めつつ背伸びせりけりサファイアのうすものまとふ惑星のあさ

棲む鳥のいにしとりかごさらさらと月のひかりをあびて錆びたり

かりそめの鰭を履きたるわれに来て魚くつくつと産毛をつつく

海と空ふれあふところゆふぐれは星の鎖骨にくちづけをする

聳えたつ雲のもとゐのきんのつぶ遠つみ祖のラムプか知れず

さざなみをなつかしみ咲くさるすべり海なりし日の星の記憶に

百日が過ぎましたからさう言ひてはかなく落ちるくれなゐの花

研究は日《ひ》に異《け》に進み手を借りて被爆公孫樹の落ち実をひろふ

月満てば姪姪甥姪甥うまれかくもかなしきジュラ紀白亜紀

水仙花群れ咲くみさきもとほれば海へなだれてゆく箒星

厩にてひとり子生れし信号のいまだとどかぬ遊星あらん

億年の星の時間の昧爽にわが骨砕く犬の牙見ゆ

蜜スプーンかたむけるときいくへにもカップの底を薔薇ゆらぐなり

チェスワフ・ミウォシュ詩集

低声でなにか言ひをりわが母は一花一花にはさみ入れつつ

雪ふかき祖母のねむりに寄り添へる母をのこして個室を出でぬ

冬の野は海へなだるる水仙花われもろともに海へなだるる

海かぜに髪錆びゆけるここちせりわれに真冬のふるさとがある

天穹を羽毛となりておりて来ぬ記憶のなかの月のひかりは

海風はちくちくするかしやぼん玉てぃららららあと生まれては消ゆ

救急車洗はれてをり菜のはなの風にまばゆき春のまひるま

贈られて手触れずゐたる訳詩集チェスワフ・ミウォシュ詩集をひらく

巻末の年譜のなかにその妻の名まへをひろふ　ヤニーナといふ

ポーランド語を詩のすべとせる一生《ひとよ》なりき詩人生まれて百年が過ぐ

気がつけば虹が手もとに来てをりぬ顔をあげれば壁いちめんに

ざくろ

みづがねのレールを敷きてゆくごとし夏から秋へむかふ驟雨は

われはけふ種蒔くひとり一握のあきくさのたねを野にこぼしをり

籠盛りのざくろのならぶ店さきに媼坐りぬ祖母のにほひに

鈴懸をあふぎてたてばしめりたる心ぱりりとおほきく乾く

新年のふるさとのため歳晩のあらぶる海を船折り返す

ふるさとのあらたしき日のおほぞらよ何を隠してかくまで青し

わが祖母はひとりひと夜を過ごしけり肋骨三本折れゐたるまま

胸部腰部透かし視られてあらはなりすでに癒えたる骨折痕も

何かかうのつぺりとして入口か出口かもはやわからない月

さすらへる速佐須良比売《はやさすらひめ》さすらひて祖母の痛みを攫《さら》ひたまへよ

明るめる沖をうつろふ通り雨ここではないといふがごとくに

そこまでが雨

あかときは星のゆふぐれ盛り上がる朝のひかりにのみこまれ消ゆ

不可視なる毒のしみたるおほぞらをおもふとき河豚の一片可憐

原発忌とふ季語を生みたる罪ふかしやまと言霊さきはふそらに

アリストテレース、ホラーティウス　長音は春日《はるひ》のごとく発音すべし

狭手比古《さてひこ》にひれを振りつつじんじんと石になりゆくまでの佐用姫

げつえうは月曜会をもくえうは木曜会を文豪たちは
うみかぜにひらき初めたる浜木綿のはなびらほそしつよし真白し
わたつみに雨滴はひらきあはあはと淡きほのほの、そこまでが雨

分校は廃校となり左様ならさやうならばと野にかへりたり

しゆわつ、ぼつ

祖母がゐて母に物言ふふるさとの元朝の家の水やはらかし

指さきでドレミファソ、ソ、と歌ひをり眠れる祖母のてのひらの上

母の手に手をかさねたき衝動が冬のみかんのなかよりあふる

けんけんぱつけんけんぱつぱ土星の輪けんぱつけんぱつけんけんぱつぱ

くるみ釦のいとこのやうなこでまりの釦ひとつに百のはなびら

片隅にしろき蠟燭たてながら弟はわれを花火にさそふ

墓地に来て手花火しをりをみなごは一年まへのつづきのやうに

もらひ火に花火がひらく　しゆわつ、ぼつ　盂蘭盆の夜のこちらの世界

くつつけて家へ帰れば祖母は見て盗人萩だねこれはと言へり

未踏にておそらく不踏ごつごつとわが目にうつる祖母の歳月

平成二十七年

はなびらのひとつひとつに帆をかけて神はその日をはからひたまふ

戒名

あたらしく得たる名まへをとり出でてはつかはなやぐ祖母のあさゆふ

病室の祖母のもとより戻りきてひとり仏間のまひるにすわる

ここはいいからはやく帰つてやすめと言ふゆふぐれ祖母に手触れてをれば

この深きさくらの淵に母をおき祖母は逝きたり三月尽日

二七日、三七日、四七日、五七日なのかなのかのわが日曜日

通夜の夜の奇なる記憶の一つなりバナナの果肉が歯にしみたこと

かばんより祖母の手紙が出でこしを語らんとして弟泣けり

しぐわつごぐわつろくぐわつがゆき百箇日蜻蛉《せいれい》の湧く水の辺にたつ

月光の波はゆらめきおりてきぬ腰かけるだれもゐない縁がは

きのふけふとはつゆもおもはず離島せりき三月三十日はゆふなぎ

青信号ちかちかちつと誘つたか祖母よ止まつて待つべきものを

五十年待つていらして　祖母は言ひて祖父を送りけんごじふねんまへ

生きて会ふをはりと知つてゐたでせう祖母のまなざし今におもへば

ひとつ蝶二つに割れてふたつ蝶六つにわれて仏間しづけし

しろねこ

常緑《とこあを》の照り葉しげれる島山を寒波撫でたり二日をかけて

降る雪はまぶたのごとし限りなきまぶたが風にながされてゆく

借りだされ祖母はひよひよつと行つたきり春の浄土の借りもの競争

むかうから手を振るひとにさそはれて庭に出づれば祖母の真つばき

しろねこは白いクレヨン姪つこが白画用紙にゐがくしろねこ

まつしろの猫はいづこへ行きぬらんまたはじめより画帳をめくる

クリップを寄せてしづけき土星かな磁力のかぎりクリップを寄す

鶏《とり》小屋を高床式にゐがく子であつたわたくしむかしかしこし

ぬらりひよん

わだつみのいろこの宮の樹の子孫そんなかんじの大樹とおもふ

ひかれあふ海と夕日のいとなみをしんと見てをり木居《こゐ》の子どもら

祖母なくて正すひとなしかがみなす水屋の奥にかしぐおちやわん

梅雨の夜の島のくまみは怖いこはいぬらりひよんぬぬつと通せんぼする

おほみづあをすとーんと落ちるしゆんかんをあつおつといふこゑが重なる

キャラメルはミルクキャラメル『桐の花』と一つちがひの箱のキャラメル

その夜は真つ赤な月が昇りしか鮪すぱりと切りし白秋

ひひらぎの葉闇はつかに揺れゐたり台風がまた近づいてゐて

なふたりんのにほふ五段の抽斗をたがひちがひに重ねれば秋

とり年は雲を蹴散らしやつて来ん白秋牧水としをとこなり

片足鳥居

平成二十九年一月一日八時五十九分六十秒

閏秒、この一秒がうるふべう子猫うにやつと額をひらく

長崎　山王神社の二の鳥居

冬は冬の影を落とせりかたあしの影しづかなる片足鳥居

ほるまりんのやうなゆふぞら揺れながら鳥居つつめり夜がまたくる

節分の澄み渡りたるおほぞらはお白洲のやうひき出されたり

目瞑ればここは宇宙の平《たひら》なり草木こととふ斎庭ゆふぐれ

あしひきの山鳥の尾のゆらめけるさみしさ曳きてけふ三回忌

祖母の忌に集ふ人々われにやさし二十二時間ほどのふるさと

裏庭のにはとり小屋はとうに消え空気は風を映せるかがみ

花大根あはくけぶらふ岬道とほくよりひとが手を振つてゐる

鷗外橋

C棟の二階をゆけばB棟の一階に出る雨の校舎は

五階より見おろす庭に傘とかさ出逢ひてしばし画鋲のごとし

ベランダの手すりを蹴つて飛ぶ鳥のその音聞けば爪は硬しも

はなびらの裏を吹かれてゐたりけり渡り廊下のあふりかすみれ

日溜りが花瓶のなかに湧く二限、チョークの文字は見えにくくなる

ルノワールの描くやうなる木漏れ日に揺られつつ来て木漏れ日酔ひす

あらあらしく川風ゆけり春昼の鷗外橋のたもとに立てば

〈舞姫〉とふさくら八重にてやはらかし紫川の風に揉まれて

青信号点滅すればかけ出せり先行く人の連れのごとくに

支払ひのときにお札のあひだからレシート出でくこの世は刹那

水噴かぬ噴水のそば過ぎるときしらじらとして緑青乾く

飛魚

ひと粒にお日様ひとつ宿るとふお米を炊いてつくるお結び

むつかしい顔で作つたお結びは嚙んでも嚙んでもむつかしい味

おとうとに口を覗かれゐたりけり春は歯茎《しけい》のひひらぐ季節

さみしさは空気のなかに棲むらしく吸ふ吐くすふはく身に馴染みゆく

淡青のほうたる一つ放ちゆけり闇の中より手は現はれて

ぢつさまに飛魚《あご》の漁期をたしかめて祖母の遺した歌ならべをり

飛魚《とびうを》と呼ぶときどこかよそゆきの胸鰭に見ゆ飛魚《あご》の焼き干し

ぴんと飛ぶハマトビムシは〈磯のんぺ〉島を出づれば不思議な名なり

満ち潮に押し上げられてぎつこんぎい舫ひ小船はぎつこんぎいぎい

幼年のわれのはるけき役目にて曽祖母の家に夕餉を運ぶ

金網をくぐりてひらく時計草さきへゆくほど紫あはし

ふるさとの島の空港鎖《とざ》されたり国はとほくを置き去りにする

島山を削るがごとき雨風に医者を運ばん船欠航す

祖母の手が握つた手すりしづかなり秋更けゆけば蔦絡まんか

ミルク粥

鱈場蟹の身をとりながら聴いてをり男ふたりの海鼠の話

アオリイカを漢字で書けば障泥烏賊〈障泥〉といふは泥よけの馬具

ひかり差すシンクの底に散りゐたり青りんごの皮ながくみじかく

ミルク粥練りつつおもふスジャータを見上げただらうしづかな目見《まみ》を

かの夕べ王子の命《めい》に頷きし馬丁チャンダカゐて後《のち》の世は

いづくへの道とも知らね銀漢をよろこびにけん白馬カンタカ

ひひらぎのしろき小花の散るほとり銀のバケツが伏せられてゐる

手袋がやさしい色に見えたのか冬風のなか道を聞かれる

ゆるびたる釦ふたつを繕へば明日は渡らん海凪ぎにけり

快癒器

おのづからさういふ心持ちとなり浅き小箱のほこりを拭ふ

春の午後、〈休眠口座〉目覚めたり九年間の利息とともに

空に雲ぽこつと浮かび複写紙におぼろおぼろの青いろの痣

どこまでがわれでどこから青なのか生まれ日けさの空きらきらし

島からの包みを解けばゆたかなる緩衝材のなかに快癒器

春はいつ終はるのだらう瓦斯灯にニベアの缶が照らされてゐる
御衣黄の花梗の落ちる音がするぷうぷうと鳩の鳴く声がする

いとより

分け入れば舞ひ上がるほどかろやかな小糠雨なりゆつくり歩く

手の甲で分けてゆきたりむらぎものゼラチン質の梅雨の夜の闇

ゆびさきはウソ発見器くびすぢにふれられたなら気をつけなさい

ひひらぎの葉群の闇はふかみつつ鯨供養の季《とき》めぐり来ぬ

中庭の上がり框に魚籠に入るいとより置かれここはふるさと

いとよりに振りたる塩は徐々に溶け夏のくりやの空気すずしき

いとよりもいとよりに振る海塩《うなじほ》も振り手のわれもこの島の産

母屋なる古き水屋のかたはらにひとまたぎほどの圏外がある

鯨見山

釣り糸が海の素肌を分けゆけり置きたる竿に何か掛かれる

真鯵抱く烏賊を幻想してをりぬ天蚕糸《てぐす》奪はれゆくにまかせて

この夏の蚊の少なさは銀漢のみづのすくなさ櫂の音せず

樹下をゆく白き衣のひとのあと歩きゐたりき椅子をたづさへ

軒に吊る燭のほのほよ八月は迎へ火とよび送り火とよぶ

分け入れば分け入るほどに眠くなる香《かう》のけむりの籠めてゐる部屋

死の事は死に習ふよりほかなくて習つたひとに聞くすべはなし

じゆんばんにご先祖さまになつてゆく良いご先祖になれますやうに

島びとの鯨《くぢら》見山《みやま》はどこからもむつくり見えて夏深きかな

工場《こうば》にて鯨炊く日を知つてゐる羽黒鶺鴒よく歩く鳥

しらふぢの葉の裏側にすがりゐる蟬の関節弾力がある

転がつた消しゴム抓《つま》むゆふぐれに伸ばせば縮んでゐるふくらはぎ

不意についばむ

対岸のかがみの壁の空青くときをり雲が入りて出でゆく

伸びゆける飛行機雲の尖端に真珠ひとつぶバロックしんじゅ

受話器より父の遠音が忍び込む脱衣場にて母を呼ぶこゑ

ほそながき松の枯葉を踏みあそぶ鳥見てをれば不意についばむ

部屋中の紙といふ紙冷えてをり冬の三日を閉ぢ込めた部屋

いつなんて分からないけど桃の木よいつか何かに使へさうなの

おほかたは葉をおとしたる極月の銀杏並木の影走るなり

大縄跳び

西側の岬をまはる散歩みちときをりまたいでゆくけもの道

いりうみは凪ぐといへどもそとうみは波高からし鳥が寄り合ふ

商ひの鯨を茹でる大釜の上には大き鏡餅なり

真金吹く吉備の国なる酒をもてとのへたりし屠蘇かぐはしき

卓上にこほり枕の口金《くちがね》が置かれてありてむかしのごとし

叱るひともうすぐ四年ゐないのだ見えないだけで叱つてゐるか

底板を踏みこんでゆく感触の風呂を知らぬ子　冬の糠星

よくひかる星の真下の冷蔵庫すいへいせんを見てゐるだらう

尾根道を海にむかひて下りたりさるとりいばらのまきひげが巻く

ぎいいといふ船のむつごと聞きながら渚をゆけり犬におくれて

海のものは海へ還つてゆくために大縄跳びの水際を越ゆ

つらつらと乗客の列ほそくなり浮き桟橋を降りてゆきたり

普賢岳のすがた遠くに移りつつ長崎本線ゆふぐれの窓

桃ドロップス

押し船に押されて船がすすみをり春の河口のとほきいとなみ

ももよももも除外例なくもものあぢ晴明神社の桃ドロップス

姪ふたり仏間にこもり笑ひをり振つても振つても桃ドロップス

親の竹枯るれば株を離れたる子竹も果てぬこころの不思議

竹の根に鼻を寄せればだんご虫みづからの皮を食みゐるところ

楽しからんクリネックスをひゆひゆひゆつと空《から》になるまで飛ばす子猫よ

平成三十一年四月三十日

明日から五月とならんゆふぞらは耳のやうなりほのかに赤し

大人風カレー

とほり雨ひいてゆくのを待ちながら博多の部屋にもう十二年

梅雨まひる銀のボウルを染めてゐる薄むらさきは玉ねぎの色

じやがいものあらぬカレーは大人風みづうみのごとく静かなカレー

じやがいもは世界四大作物の一つにてゆいいつ地中にそだつ

学校でむかし習つたチチカカ湖たちまち覚えられたみづうみ

椅子の人なにをカウントしてゐたかわが通るときカチャリと鳴らず

夜はねむく白木のゆかはやはらかしこれは蛙の文鎮のあと

背を押され舞台袖から飛び出した子どものやうな流星ひとつ

ボトルシップ

長崎へ向かふ列車の窓のそと麦はむかしをいつも流れて

大いなる伊勢海老さげてわだつみの海からまつすぐおぢいさんくる

誰《た》が足の甲でありしかわれをのせ海のろんどのステップ踏みき

ほほづきがしたから順にいろづいてゆくこと海の底のしづけさ

いのちからいのちいただくいのちです鯨供養を今年も終へる

三月に高速艇とぶつかつたくぢらよこよひ歌つてゐるか

小数点以下の気持ちをひきつれて星の林をゆくははきぼし

緑、黄《きな》、赤、白そして紫の五色《ごしき》の幡《はた》が仏間にさがる

母のため植ゑられたりし桐の木の離怖畏《りふゐ》如来のむらさきの花

盂蘭盆の夜のりんくわくはおぼろなり回り灯籠のみづいろ、ももいろ

かたちあるものはたしかな影をもつ祖父手作りの〈ところてん突き〉

大正五年、埃及煙草の礼を書く漱石ゐたり書簡がのこる

昭和四十二年一月、いさなとり海に逝きたる祖父四十一

いつまでも柩は見えてゐたといふ南氷洋のあをき浮力に

令和初年、商業捕鯨再開す三十一年の交渉の果て

航海図すこしゆがみて広げらるボトルシップの船長室に

ランドセルは船の運びしオランダ語小さな辞書にもきちんと出てる

祖父のゐる南氷洋につながつてゐたのであらう祖母の朝焼け

耳の奥のかすかなるみづ冷えてゆき麝香揚羽は秋のはばたき

ここからはしばらく波のいろばかり島の陸影まなじりに消ゆ

水たまり

参道を登りつめれば空がある青きこの世の突き当たりなり

月光のそそぐわだつみ見てをればしだいにまるみ帯びゆく地球

さるすべりの暗き木陰を上下する蜘蛛がゐるなり大風《おほかぜ》がくる

目のまへで凪は凪ぐのか波がしら白く見えつつ身めぐりしづか

雨あがるその引き際をあふぎをり雨の断面あをくひかるを

水たまりに大小ありて月からも見切れぬものを海原とよぶ

秋かぜに花をつけたる一輪のしろつめ草を知るしじみてふ

あふぎつつ星座早見盤回すとき空より剝がれるごとく流星

Ctrl

砂つぶのひとつひとつを濡らしつつなぎさおもてを波折りかへす

遠浅のゆみなり浜を走りくる波を見てをり　とほくにも人

パックの中の苺にのこるはなびらは船に手をふる島のやうです

冬の日のゆふぐれどきのリズムだなスープスプーンでスープをすくふ

白秋が「しんととろり」とうたひたる油壺とは悲しき名まへ

ゼッケンはDeckenといふドイツ語で馬の背中にしく毛布の意

七年を一度くらゐは使ひしか右のちひさな「Ctrl」キー

2020 CD3

少名毘古那神のごとくにひとときを〈第二の月〉が来てゐるといふ

那珂川と御笠川とにはさまれてまつすぐ眠る風のなき夜を

右地面左地面

ふるさとは二万の人が暮らす島、疫病《えやみ》の春はふかし渡らず

われを夢に見たるひとよりメールあり鳥なんだけどわかつたと言ふ

入学式のあらぬ四月を桐のはな変はらずに咲きあはきむらさき

たちこぎで学生が来るみぎぢめんひだりぢめんと体揺らして

蝶なりしころの記憶が湧き出でてスティック糊がころんとうごく

うらうらと救命ボート干されをり風にそよいでゐる藤のはな

夜ごと夜ごと川は閉ぢたり草臥れたわれがうつかり泳がぬやうに

真珠母のつゆぞらのもと横抱きにされてゆきたし時計となりて

門

鉄橋のしたを出でたる平船にゆふかげが差す　つぎの橋まで

にしきぎの小花ほつほつ落ちそめて姪はバス通学に慣れたり

ベルリラがパート練習してをりぬ空を見上げてたたくベルリラ

校庭にすこやかに立つ登り棒ひとつひとつに黄のリボン垂る

からたちよ百年までの一途なる双葉の頃のおもかげがある

十三の夏に落とした箱めがねしばらくは章魚が住んだでせうね

海面に揺れるひかりをいつまでも見てゐたかつた海の底から

通るたびにサーモグラフィー翳されて雨漏りのするからだのやうだ

門番も門もわれなりもんぜんの旅びとともまたその曳く杖も

しほからが横切つて飛ぶしろじろとふくらみゆける雨のこの世を

雨の日のくるみ釦はいつもより留めにくくつて家族みたいだ

八月の七日八日をめぐりたる沼はしづかにひかりをかへす

梅鉢の紋

ふるさとの島のみなみの砂浜におほきな亀の来る夜がある

闇の夜のなぎさに立てば陸《をか》よりも子亀のめざす海はあかるし

ウイルスの眠らぬ夜をちかちかと更新されてゆくウィキペディア

あまさかる鄙の医療の現実をすこし思つて夏を帰らず

灯籠に梅鉢の紋うかびゐんほのほ色づくゆふまぐれどき

つるべして祖父使ひゐし石の井戸ときをり母が手をあてゐたる

うぶすなの土をたづさへ海を行く祖父なりしとぞ家具のごとくに

船上の祖父のゆふべの慣ひにてうぶすなの土を踏みゐしといふ

行きて見ん祖父のからだの還りたる南氷洋のあをのしづもり

ふるさとに水草の根をのこしつつ終に帰らなかつた鷗外

ダダ星人のダダのめぐりにたしかなる軌跡のこしてゐるダダイズム

人かげが手すり拭きつつくだりたり向かひのビルの非常階段

てのひらを空へむければ向かうからちかづく人が空見上げたり

かすかなるとどろき聞こえモルフォ蝶はたたくごとき雲がひろがる

オートロックのパネルの内にこびとゐて停電の午後を発電しをり

星一つじわつと湧きてすつと消ゆ真正面より来たり　流星

すなはまを裸足でゆけば木蓮のはなびらほどの暗闇がある

ふるさとを離れし日よりゆふぐれの海のむかうはいつもふるさと

鯨

この空は故郷五島へつづくそら自衛隊機が距離おきて飛ぶ

はるかなる天の沼矛のほさきより落ちししづくのミルククラウン

ふるさとは中通島《なかどほりじま》いにしへはもろこしへゆく船送りけり

このしろは子の代《しろ》よりの名まへにて子の身代はりの魚であること

伝承をひもときて知る鰶は焼くときに人のかばねのにほひ

十億円といふ紙の量おもひをりシェイクスピア戯曲集初版本

ゆふだちは海向かうから訪れぬ白いオーロラのやうに揺らいで

丘の上の中学校のかたはらのミンチカツ屋さん店を閉ぢたり

Akebia quinata

自転車も帽子のわれもきのふより風になじみて吊り橋の上

草とおもふときは通草と書いてをり人なつつこく蔓をのばせる

木通といふ綴り字似合ふ一木《いちぼく》にこの山の実のうすきむらさき

山女《やまをんな》はた丁翁《ていをう》と呼ばれゐて両性具有の *Akebia quinata*

ふたつ蝶くるりくるりとひるがへるそこに御柱あるかのごとく

きりぎしの空の青さやあらはなる木の根つかめば湧くちからあり

秋空はしろがねに照り垂直にまぶたとぢれば一本の釘

藤原四卿

洞窟の中より描けるうなばらは夜の部屋の壁にことにかがよふ

かつちりと乾きてゐたり潮とほく引きたる崖にならぶ藤壺

天平九年、房前逝きて麻呂逝きて武智麻呂逝きて宇合逝けり

兄を見舞ひ弟を見舞ひ見舞ひあひ疫病《えやみ》に逝きし藤原四卿

自然界には今はもう無い天然痘いまはもうない、自然界には

どの花もこちらに向きてひらきをり高島野十郎のゑがく菊の花

あかあかと曼珠沙華湧く秋まひる口押さへれば耳よりあふる

つづまりは目の不自由な芳一が耳さへなくしてゆく話です

花麒麟

おほいなる輪をゑがきつつ滞空す峠より見る湾岸のゆき

どのあたりで祖母は納得したのでせう今年は雪の祖父の命日

戸袋のあらぬ小部屋に住みなれてときをり臍のくぼみすずしき

ひと晩を水に浸せる水仙のみづはかそけき磁石のにほひ

追啓　ガラス瓶からこめのつぶこぼれたときは拾つてゐます

せりなづなすずなすずしろすずやかに小鈴鳴るなり祖母の待針

月あかり明るき夜なり校庭をつつむフェンスがあをくかがやく

草食のステゴザウルスそのむかし薔薇にこころをよせて滅びぬ

花きりんを少女に贈り青年は海辺にちひさな垣めぐらせり

よいといふのに

ドアノブの消えし扉をまたひとつ開きゆきたり羽根をかざして

闇船の出船《でふね》入船《いりふね》記されず引揚援護記録年表

さうやつて歩みをかへす風ばかりはなびらはつひにわれをつつまず

祖母の七回忌

いくへもの波に運ばれゐたりけり六年まへのあの日のごとく

ひつそりと島へもどりて正坐する祖母の供養の二時間ほどを

たわいない伝承ひとつ　ふくろふは男親似のをみなごに棲む

造幣局へつづく闇とはおもはねど戸袋のふちのしろきはなびら

岬から放ればば空になるでせうイヴ・クラインの青き人体

いつまでも赤いくるまはとどまりぬ見送らなくてよいといふのに

海の断片

砂の色ここより変はり蜘蛛貝は風にちかづくほど白くなる

ほらこれがおまへのかたち　すつぽりとわれのからだをいだく夜の海

回想、福岡県西方沖地震（二〇〇五年三月二十日）

警固《けご》断層といふ断層のうへにゐて無防備だつたモローもわれも

痂のやうにときをりきらめきぬその日の夜の海の断片

イチゴパインレモンオレンジリンゴメロンスモモハッカの八つの音す

返したるのちMARUZENに買ひにゆく窓から海の見える画集を

ひと夜かけ解凍したる牛海老の黒き背わたをほつそり抜きつ

さざなみいんこ

今朝飲んだ松葉茶でせう指のさきひかりが差せばうすみどりせる

ゆつくりと育つてゐます校内のマータイさんの手植ゑのさくら

長崎より平和宣言放たれつ十か国語に翻訳されて

十か国語の十の言語に鳥語なく鳥語のなきを仙人掌は言ふ

島へゆく全船便《ふなびん》が欠航ししばし時空のすきまにたてり

父祖の地にもどりきたりてひと吊りの祖霊迎へる灯をかかげたり

海の匂ひとほくなりたり海風につつまれながら一夜眠れば

北海道生まれの母の朝目覚め五島生まれのわれよりすずし

くりやといふ言葉おもへりしろがねの夏あかつきの蛇口のしづく

うみかぜに強く押されてゆくみちは墓地へゆくみち飛蝗がはねる

びやくだんの線香束ね火をうつす五〇〇円玉ほどの断面

木をつたひ墓石をつたひ目をつたひ海へ流れてゆくしろい雨

地上の子あやすごとくに帆翔す上昇気流捕らへて鳶は

おむすびに結び込めたる梅干しのじわんとご飯染めて午後なり

食卓を離れぬ羽虫ひるがへりひるがへりまた剝き梨に寄る

ぢいちやまが梨好きだつたと母が言ふ小皿にひとつ取り分けながら

これからを母は言ひ出づ見なければ祖母かとおもふやうなこゑして

肺しづか話し終へたる母しづか鯨売り来し五十三年

そのやうに決めたのならばそのやうに終はらせませう雨が濃くなる

この世なるわが現在地知るすべの過去帳ぱたんぱたんと閉ぢる

もうながく島へ帰らぬおとうとのその妻が飼ふさざなみいんこ

あげた手をひつそり下ろす草亀に盂蘭盆の遅きゆふぐれきたる

ひとりゐて蠟燭の火をまもるとき大魚の腹のヨナのごとしも

裏山に戦争のとき掘つたといふ壕のあとあり木霊渦巻く

精霊流し禁じられたる邑落の空のなぎさに寄る宇宙塵

送り火をともさんとするゆふぐれに庭のしらふぢ花ひらきたり

手にもちて人歩きしか遠浅のなぎさの砂に埋もれるマスク

海面をすくひ跳びゆく貝殻よ母のアンダースロー久しぶり

海の秋くらげとともに訪れぬ二つの原爆忌のあはひより

どこまでが夏のさざなみどこからが秋のさざなみ　まつげきらめく

あとがき

平成十三年（二〇〇一年）から令和三年（二〇二一年）夏のあいだの歌より四二五首を選び、制作年代順に並べて第一歌集としました。年齢でいうと三十二歳から五十二歳にあたります。

私は長崎県五島列島の中通島で生まれ、高校卒業までこの島で過ごしました。ものごころついたときには、商店を営む父母に代わって祖母が私の面倒をみてくれていました。祖父の遺した家で祖母と暮らした時間は、時代の、四季の、朝夕の光に透かされて記憶の内壁に水陽炎のようにゆらめいています。

祖母はコスモス短歌会の会員でした。私が、祖母のあとを追うように入会したのは平成十年のことです。祖母の没年は平成二十七年ですから、数えてみると、十七年間をコスモスで一緒に歌をつくったことになります。平成三十年には、高野公彦さんにご相談し、祖母の遺稿を前田茅意子歌集『いづこも桜』（柊書房）としてまとめることができました。多くの方にあたたかいお便りをいただいたことは忘れられません。その祖母の七回忌もおわり、今、島の家には、父母が二人、周囲の人に助けられながら暮らしています。

島で生まれ島で育った私には、島育ちという意識はありませんでした。進学のために島を出てはじめて、自分の呼吸が島の海や山とひとつらなりにあったことに気づいていったようです。年齢を重ねるにつれ、島の自然に潜り込みたくなる気持ちが濃くなったのは、ひとつらなりの感覚を保持する体力が弱くなっているためかもしれません。十八のとき島を離れてから、どんな一年であっても島に帰らない年はありませんでしたが、本集には、新型コロナウイルスの流行にどう動いたらよいか分からず、結局、帰島しなかった一年余りの時間が含まれています。

本集を編むにあたり、小島ゆかりさんにご相談し、こまやかなお導きを賜りました。帯文、帯に掲げる歌の抄出までお引き受けいただけたことは、前進の遅い私の大きな励みとなりました。刊行に際しては、本阿弥書店の松島佳奈子さんのお力添えをいただきました。小川邦恵さんには、漠然と思い浮かべていたイメージを装幀に叶えていただきました。記して御礼申し上げます。

歌をとおして多くの出会いに恵まれました。私の歌の歩みを見守り指導してくださったコスモス短歌会の諸先輩、重なりますが、福岡支部長崎支部のみなさまに、あらためて感謝申し上げます。

本書を手にとってくださる皆様、心よりありがとうございます。

令和五年一月

有川知津子

著者略歴

有川知津子（ありかわ・ちづこ）

1969年（昭和44年）　長崎県生まれ
1998年（平成10年）　コスモス短歌会入会
2013年（平成25年）　第35回コスモス評論賞受賞
2015年（平成27年）　COCOON の会参加
2019年（平成31年）　『斎藤茂吉研究―詩法におけるニーチェの影響』（花書院）刊行
2022年（令和４年）　第68回Ｏ先生賞受賞

コスモス叢書第一二二一篇

歌集　ボトルシップ

二〇二三年三月三十一日　初版発行

著　者　有川知津子
発行者　奥田洋子
発行所　本《ほん》阿《あ》弥《み》書店
東京都千代田区神田猿楽町二―一―八
三恵ビル　〒一〇一―〇〇六四
電話　〇三（三二九四）七〇六八
印刷・製本　三和印刷（株）
定　価　二八六〇円（本体二六〇〇円）⑩

ISBN978-4-7768-1640-9 C0092(3356)